Mei

amies

Texte de Sue Walker

Illustrations de Janine Dawson

Texte français de Nicole Michaud

Éditions
SCHOLASTIC

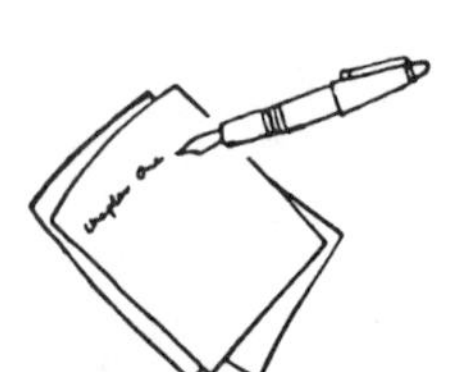

Conception graphique de la couverture : Lyn Mitchell.

Texte original publié par Omnibus Books, de SCHOLASTIC GROUP, Sydney, Australie.

Catalogage avant publication de Bibliothèque et Archives Canada

Walker, Sue
Meilleures amies / Sue Walker;
illustrations de Janine Dawson;
texte français de Nicole Michaud.

Traduction de : Best Friends.
Pour les 7-9 ans.

ISBN 0-439-94816-9

I. Dawson, Janine II. Michaud, Nicole, 1957- III. Titre.

PZ23.W36Me 2005 j823 C2005-903018-6

Édition publiée par les Éditions Scholastic, 175 Hillmount Road, Markham (Ontario) L6C 1Z7 CANADA.

6 5 4 3 2 1 Imprimé au Canada 05 06 07 08

À David, mon meilleur ami — S.W.

À ma meilleure amie Annie — J.D.

Chapitre 1

Depuis la maternelle, Julia et
Anne sont les meilleures amies
du monde. Elles jouent ensemble
tous les jours et partagent tout.

Elles partagent leurs jeux

et leurs trousses à crayons.

Elles partagent leurs repas

et leurs secrets.

Mais aujourd'hui, c'est différent.
Anne joue avec une autre fille.
Elle joue avec Lili.

Julia a des papillons dans l'estomac. Elle a les joues en feu. Anne est *son* amie. Que va-t-elle faire?

Chapitre 2

Julia s'élance vers Anne. Elle la saisit par le bras.

— Anne, viens jouer dans la cage à grimper! s'exclame-t-elle.

— Je peux venir aussi? demande Lili.

Julia ignore Lili. C'est avec Anne qu'elle veut jouer – avec sa meilleure amie Anne.

Julia entraîne Anne vers la cage à grimper. Elles se suspendent, la tête en bas, en tenant leur uniforme à deux mains.

Lili les a suivies. Elle grimpe à côté d'Anne.

Julia souhaite que Lili tombe tête première.

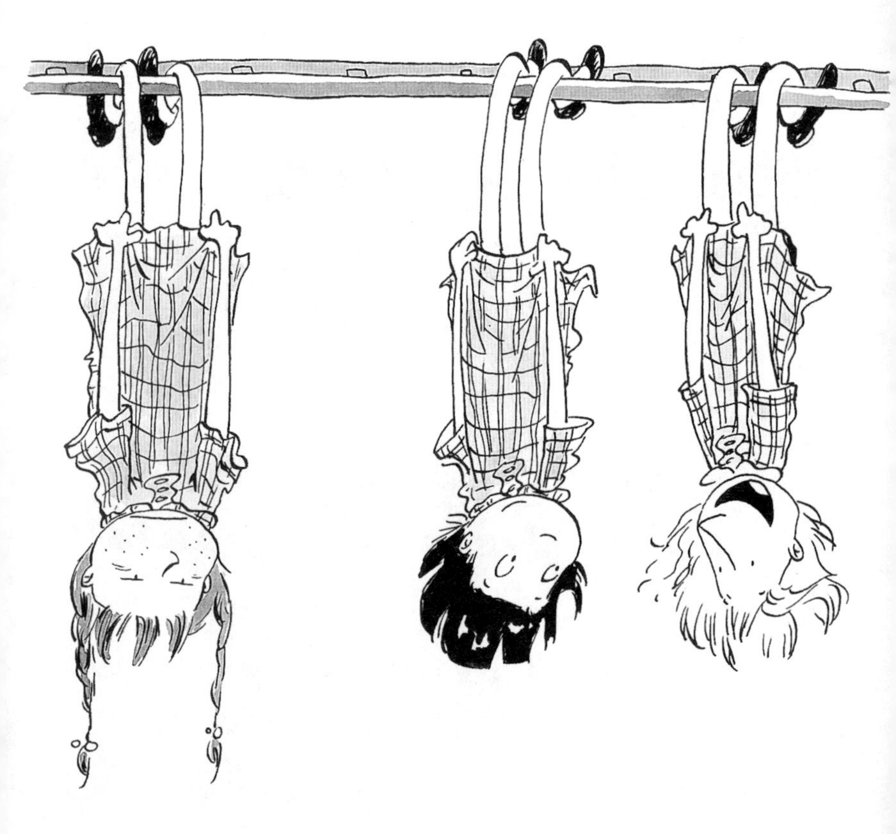

Chapitre 3

Julia aime le jour des sports. C'est le plus beau jour de la semaine.

— Choisissez-vous un partenaire, dit Mme Rosa.

Julia cherche Anne. Sa partenaire, c'est toujours elle. Mais Anne tient la main de Lili.

Julia a des papillons dans l'estomac. Elle a les joues en feu. Elle veut qu'Anne soit *sa* partenaire.

Zoé Dubé tape sur l'épaule de Julia.

— Veux-tu être ma partenaire? demande-t-elle.

— D'accord, répond Julia, sans arriver à sourire.

Elle observe Anne.

VLAN!

Julia reçoit un ballon droit sur le nez. Ça fait mal. Très mal.

— Qui peut conduire Julia à l'infirmerie? demande Mme Rosa.

Anne lève aussitôt la main. Julia se sent déjà mieux.

Chapitre 4

Le lendemain, au dîner, Julia et
Anne partagent leurs sandwiches.
Puis elles jouent à la marelle.

— Je peux jouer? demande Lili à Anne.

— D'accord, répond Anne. Après moi.

Julia a des papillons dans l'estomac. Elle a les joues en feu. Elle veut jouer avec Anne, pas avec Lili!

Julia va s'asseoir sur le banc et lit son livre.

— Viens jouer avec nous! crie Anne.

Julia fait la sourde oreille. Elle lève les yeux : Anne et Lili font des colliers de marguerites!

Elle les voit passer les colliers autour de leur cou.

Elle observe Anne et Lili qui font un nouveau collier.

— C'est pour toi, dit Lili en lui offrant le collier.

Julia tourne une page de son livre.

— Merci, mais les fleurs me donnent le rhume des foins, dit-elle.

Chapitre 5

Lundi, Anne n'est pas à l'école. Mardi, elle est absente aussi. Anne est malade. Elle a la varicelle.

Dans la classe, Julia s'assoit toute seule.

Elle mange son dîner toute seule.

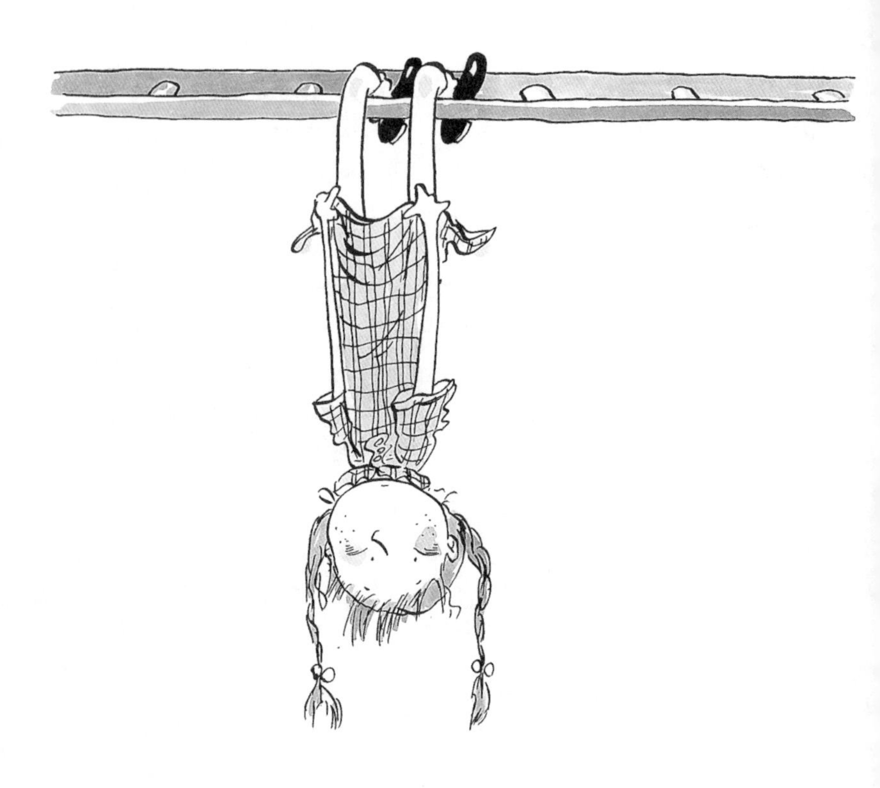

Julia se suspend par les pieds dans la cage à grimper.

Elle pense à Anne.

Julia espère qu'Anne se rétablira bien vite.

Mercredi, Anne est toujours malade. Julia s'ennuie d'Anne. Elle s'ennuie de leurs repas sur l'herbe. Elle s'ennuie de leurs secrets dans la cage à grimper. Elle s'ennuie même de leurs échanges de crayons pendant la classe.

Julia se sent très seule.

Julia voit Lili assise toute seule.
Elle aussi semble s'ennuyer.

Chapitre 6

Le jour des sports, Anne est toujours malade.

— Choisissez-vous un partenaire, dit Mme Rosa.

Julia a des papillons dans l'estomac. Elle a les joues en feu. Qui sera son partenaire? Avant, c'était toujours Anne. Enfin... presque toujours.

Julia cherche Zoé Dubé, mais elle a déjà une partenaire. Tous les enfants ont un partenaire. Tous, sauf Julia et Mme Rosa.

Julia sent quelqu'un lui taper sur l'épaule. Elle se retourne. Lili lui tend un ballon.

— Veux-tu être ma partenaire? demande Lili.

Julia ne veut pas. Elle se tait.

Lili sourit.

— C'est moi ou Mme Rosa, dit-elle.

Julia ne peut pas s'empêcher de sourire.

— D'accord, répond-elle.

Chapitre 7

Vendredi, Anne est toujours malade. Julia mange son dîner toute seule. Puis elle se suspend, la tête en bas, dans la cage à grimper.

Lili lui fait signe de l'autre côté de la cour. Julia fait semblant de ne pas la voir.

Julia s'agrippe par les mains. Elle passe d'une barre à l'autre et compte :

— Un, deux, trois, quatre, cinq, six, sept, huit, neuf!

Julia attend que Mme Rosa ne regarde pas, puis passe trois barres à la fois. Elle espère que Lili la regarde toujours.

— Un, deux…

Soudain, sa main glisse, et Julia tombe, tête première dans le sable!

Lili la regardait toujours. Elle se précipite vers Julia. Mme Rosa aussi.

— Ça va? demande Lili.

— Ça va, répond Julia.

— Non, dit Mme Rosa, ça ne va pas. Va voir l'infirmière.

— Je vais l'emmener, dit Lili.

Chapitre 8

Lundi, Anne est toujours malade. Mais Julia ne dîne pas seule. Elle est assise avec Lili.

Elles mangent leurs sandwiches ensemble. Puis elles partagent leurs biscuits.

Julia décide de confier un secret à Lili.

— Veux-tu savoir une chose? demande-t-elle.

— Quoi? répond Lili.

— Les fleurs ne me donnent pas le rhume des foins.

— Je sais, réplique Lili en riant. Anne me l'a dit.

— Alors, montre-moi comment faire un collier de fleurs, dit Julia.

— D'accord, répond Lili. Et toi, tu me montres comment on peut se balancer d'une barre à l'autre.

— Mais pas comment tomber! ajoute Julia.

Lili pouffe de rire.

— Marché conclu! lance-t-elle.

Chapitre 9

Mardi, Julia s'avance dans la cour. Elle aperçoit Anne et Lili assises sous l'arbre.

Julia n'a pas de papillons dans l'estomac. Ses joues ne sont pas en feu. Elle salue Lili et Anne de la main.

Anne, Julia et Lili partagent tout. Elles se suspendent ensemble, tête en bas, dans la cage à grimper.

Elles jouent à la marelle.

Elles s'assoient sur l'herbe et font des colliers de marguerites.

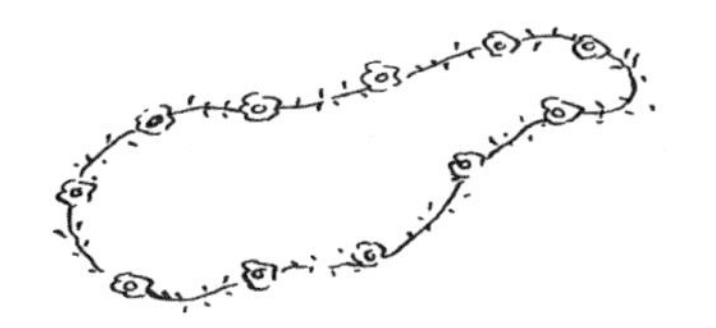

Anne passe un collier autour du cou de Julia. Puis elle regarde Lili.

— Je vous emmène voir l'infirmière, dit-elle.

— Pourquoi? demande Julia.

— Tu verras, répond Anne.

Chapitre 10

— Vous prenez toujours soin les unes des autres, dit l'infirmière.

— C'est parce qu'on est les meilleures amies du monde! s'exclame Lili.

— Oui, ajoute Julia. Les meilleures amies partagent tout... même la varicelle!

Sue Walker

Il est parfois difficile d'avoir une meilleure amie, surtout si elle veut jouer avec une autre. On peut alors ressentir de l'inquiétude, comme Julia.

Les premiers jours d'école, je n'avais pas d'amis. Mais je m'en suis fait très vite. Une amie d'abord, puis une deuxième. Deux meilleures amies, voilà qui est plus amusant qu'une seule! Jouer avec trois ou quatre meilleures amies, c'est une fête!

Ma famille et mes amis me rendent heureuse. Je suis heureuse aussi quand j'écris. Il m'arrive de penser que les personnages de l'histoire sont aussi mes amis.

Janine Dawson

Ma meilleure amie se nomme Annie. Je la connais depuis la 7e année. Nous aimons les mêmes choses et surtout, nous aimons rire ensemble! Nous pouvons passer des années sans nous voir, mais nous finissons toujours par nous retrouver. Et alors, c'est comme si nous ne nous étions jamais quittées!

Annie est svelte, moi pas. Elle enseigne le yoga et voudrait m'y entraîner. La position que je préfère est celle du repos, allongée sur le sol. Je la réussis très bien. Dans ma tête, je suis une baleine!

As-tu lu ces petits romans?

- ☐ Attention, Simon!
- ☐ La Beignemobile
- ☐ Éric Épic le Magnifique
- ☐ Follet le furet
- ☐ Un hibou bien chouette
- ☐ Isabelle a la varicelle!
- ☐ Jolies p'tites bêtes!
- ☐ Une journée à la gomme
- ☐ Marcel Coquerelle
- ☐ Pareils, pas pareils
- ☐ Parlez-moi!
- ☐ Quel dégât, Sun Yu!
- ☐ Quelle histoire!
- ☐ La rivière au trésor